Découvrez l'histoire par les archives de presse

RETRONEWS

Le site de presse de la BnF

www.retronews.fr

LES
TACHES D'ENCRE

GAZETTE MENSUELLE

PAR

MAURICE BARRÈS

5 Décembre 1884

N° 3

EXEMPLAIRE DE LUXE

N°

SOMMAIRE :

I. *. — II. Monsieur Alphonse Lemerre (✳) — III. Deux Misérables (nouvelle). — IV. La Sensation en littérature (suite) : Les poètes suprêmes. — V. Gazette du Mois. — VI. Moralités.

LES TACHES D'ENCRE

GAZETTE MENSUELLE

PAR

M. MAURICE BARRÈS

Brochure de luxe, format in-18 jésus, de cinquante à cent pages environ, devant paraître le cinq de chaque mois, du 5 novembre 84 au 5 octobre 85.

Les Taches d'Encre n'auront que douze numéros et pas de collaborateurs.

Paris, 76, rue Notre-Dame-des-Champs.

Le numéro : Un Franc.

ABONNEMENTS :

FRANCE, six mois : **6** francs. — Un an : **12** francs.
ÉTRANGER, » 8 » — » 15 »

Il sera tiré quelques exemplaires numérotés sur papier de luxe au prix de 2 fr. 50 par numéro et 25 fr. par an.

Les *Taches d'Encre* publieront :
PSYCHOLOGIE CONTEMPORAINE : le Sentiment en littérature ; l'Idée en littérature. — Les Valets de Gloire *(le nouveau moyen de parvenir)*. — Notes d'Amour *(la douceur d'être jeune)*. — La maison Garcelon. — Le prince Jérôme Napoléon, etc...

Dans le prochain numéro nous étudierons *les Nouvelles Théories sur la Révolution*, à propos d'un livre récent de M. Taine.

Pour tout ce qui concerne l'administration, les abonnements, annonces, réclamations, et la rédaction, s'adresser à M. MAURICE BARRÈS, 76, rue Notre-Dame-des-Champs, Paris.

Pour la vente en gros, s'adresser à la Librairie Européenne de MM. POUGET et VIDAL, libraires-éditeurs, 21, avenue des Gobelins, Paris.

SOMMAIRE DU PREMIER NUMÉRO

I. — Préambule.
II. — Psychologie contemporaine : (*la Sensation en littérature;* la Folie de Charles Baudelaire.
III. — Un mauvais français : M. Victor Tissot.
IV. — Nouvelle pour les rêveurs.
V. — Gazette du mois.
VI. — Moralités.

BULLETIN D'ABONNEMENT

Je soussigné ....

déclare m'abonner pour ....(un an ou six

mois ou tant de numéros) *aux TACHES D'ENCRE*

et je joins à ce bulletin ou bien je ferai parvenir

le .... *un mandat de* .... *francs.*

SIGNATURE :

Le *188*

Adresse très lisible :

....

Détacher ce bulletin et l'adresser aux bureaux
des *Taches d'Encre*,
76, rue Notre-Dame-des-Champs, Paris.

LIBRAIRIE EUROPÉENNE

21, Avenue des Gobelins, Paris

EXTRAIT DU CATALOGUE

LIVRES DE FONDS ET EN NOMBRE

Prix réduits

—

Adèle Filhastre. Lettres d'Ethel à Léonce . . . . 3 »
H. Issanchou. Dizain de sonnets . . . . » 50
H. Issanchou. Manuel du jeu des Renards . . . . 1 »
— Ledit jeu (2ᵉ édit. sur bois). 1 75
La Jeunesse (5 collect. complètes), à 3 75
L'Exposition sans chemise (5 collect. complètes), à . . 1 50
(Ces deux collections sont très rares et fort curieuses.)
M. Pouget. Le 14 Juillet (très rare) . . . . » 75
Rachilde. Monsieur Vénus . . 3 25
Rachilde. Monsieur de la Nouveauté . . . . 3 »
Le Cholleux et Paul Nagour. Contes macabres . . . . . 3 »
Le Salon illustré de 1879 (Ed. J. Dumas), rarissime. . . . 30 »
La Reine des Poupées (Ed. J. Dumas) . . . . 4 »
Bourienne. Mémoires, 10 vol. 50 »

JOURNAUX

—

Paris-Bébé, 10 fr. par an (hebdomadaire, avec dessins coloriés).

La République des Lettres, 12 fr. par an (mensuelle illustrée).

POUR PARAITRE :

Le 15 novembre : *Les Horizontales*, par H. BEAUCLAIR. Ed. bijou in-32 . . . . . 2 »
— *L'Après-midi d'un Faune*, par S. MALLARMÉ. Ed. bijou in-32 . . . . . 1 50
Le 1ᵉʳ décembre : *Les Fêtes galantes*, de PAUL VERLAINE. Ed. bijou in-32 . . . . . . 2 »
— *Les Paillotes*, par LÉO D'OFFER, Ed. bijou in-32. 1 50
En février : *Traités des divers jeux d'esprit*, par Léo D'OFFER et H. ISSANCHOU. — La Charade. — Le Logogriphe. — Les Bouts-Rimés, etc, etc., 1 fr. 25 chacun.

La **LIBRAIRIE EUROPÉENNE** publiera fin novembre *le Livre d'Or des Postiers*, de M. HENRI ISSANCHOU, in-8 illustré, 5 fr., et l'*Almanach des Postes et Télégraphes*, illustré, petit in-32, éd. bijou, fort curieux, 1 fr. 75 franco.

Éditions de luxe, Livres rares, Éditions de bibliophiles, etc

MM. les littérateurs sont priés d'adresser à la LIBRAIRIE EUROPÉENNE des renseignements pour leur biographie, qui entrera dans l'*Anthologie biographique des Gens de Lettres*, qui sera publiée au commencement de l'année 1885.

21, Avenue des Gobelins, Paris.

La LIBRAIRIE EUROPÉENNE se charge, sans aucuns frais, de toutes les commissions consistant en achats de livres, de papeterie, reliure, etc., etc. S'adresser au Directeur, 21, avenue des Gobelins, Paris.

REVUE GÉNÉRALE

Rue de l'Epe on, 5, Paris — Dir.-Rédr en chef : CH. DE LARIVIÈRE

Sommaire du n° 22, 2e année (15 novembre 1884). — Histoire de l'Académie française (3e article), étude inédite de Villemain. — Clémence Vernon, nouvelle (2e partie), par M. Paul Morel. — La Guerre de 1870-1871 ; le voyage en ballon de M. Gambetta, par M. Th. Lemas. — En forêt (impressions de voyage), (2e et dernier article), par M. Léon Duvauchel — Poésies : l'Automne ; Novembre, par M. Anatole Moulharac. Chronique théâtrale, par Champairol. — Notes et Souvenirs, par M. Ch. de Larivière. — Bibliographie.

Abonnem. d'un an : Paris, 12 fr.; Départ., 15 fr.; Étranger, 18 fr.

Le n° du 1er décembre contiendra la fin de l'histoire de l'Académie française, de Villemain, et la suite des Souvenirs de Théophile Gautier, par M. Armand Silvestre.

LA JEUNE FRANCE

Sommaire du n° de novembre. — I. Guillaumette la musiquerie, par M. Léon Cladel. — II. Pierre le Véridique, par M. Catulle Mendès. — III. Les Hommes de la *Jeune France*, par M. Charles Morice. — IV. Alastor (M. Gabriel Sarrazin), Shelley. — V. A propos des Contes de Fées, par M. Stanislas de Guaïta. — VI. Une pétaudière, par Mutus. — VII. Des poésies, de Silvestre, Dierx, Haraucourt, etc. - X La Gazette rimée, de Henri Beauclair.

REVUE INDÉPENDANTE

Un franc le numéro. — 15, rue des Beaux-Arts.

Sommaire du n° de décembre. — I. M. Victor Hugo, par M. Emile Hennequin. — II. Paysages, par M. Francis Poictevin. — III. Le Parnasse contemporain, par M. Paul Verlaine. - IV. La Tare (nouvelle), par M. Paul Adam. — V. Tourguénief (notes d'un compatriote), par M. Piotr Dobory Kiue. — VI. L'Ecole esthétique en Angleterre, par M. Gabriel Sarrazin. — VII. Chronique du mois, par M. Albert Pinard. — Les Livres. Vie Parisienne.

Paris, rue de Médicis, 7. — 90 p. 1 franc.

Je crois, mon cher inconnu, que des Taches d'Encre s'égarèrent dans les postes. Peut-être aussi quelque fantaisie s'est-elle glissée dans nos écritures. N'en dites rien, excusez-moi et veuillez croire qu'un accueil tout empressé attend vos réclamations.

Plus de deux mille exemplaires sont déjà vendus, et l'on s'occupe d'un nouveau tirage.

J'ai une petite vanité à vous l'écrire et je pense que vous l'apprendrez sans déplaisir.

Je remercie mes correspondants de leur bienveillance. Je leur sais gré de m'avoir sans doute jugé plus sur les choses à faire que sur les choses faites. Dès maintenant, le succès matériel des Taches d'Encre est assuré. Et pourtant jamais effort parut-il moins opportun qu'à cette

1

heure de choléra où, pour jargonner selon
la mode, chacun s'obstine à se sentir quelque
chose dans le ventre.

M. B.

M. ALPHONSE LEMERRE (*)

Les poètes viennent d'offrir un banquet à leur éditeur et ami, M. Alphonse Lemerre, pour fêter sa décoration.

On a beaucoup écrit que M. Lemerre était le père de la poésie, du Parnasse contemporain. Il apparaît du moins qu'il n'est pas un père nourricier.

La salle était superbement décorée. Et on lisait au centre sur un cartouche :

« LES FILS NOURRIRONT LEUR PÈRE. »

(Passage de l'Édit de Choiseul.)

* * *

On songeait, à voir cette belle assemblée, que vraiment les poètes ne forment qu'une grande famille. Et s'il arrive parfois à quelques-uns de bouder, comme dans les familles tout dissentiment s'apaise à l'heure du dîner, ainsi chacun d'eux se réunit autour du veau gras, autour de M. Lemerre (*).

Au dessert, sur l'air de « *Petit Papa, c'est aujourd'hui la fête,* » M. Léon Cladel récita avec agrément des vers de sa composition.

M. François Coppée, en termes discrets, rendit pleine justice à l'intelligent légionnaire :

« Je puis vanter votre désintéressement, mon cher Lemerre, moi votre créancier d'aujourd'hui, qui fus si longtemps votre débiteur. »

*
* *

M. Sully-Prudhomme, qui est un penseur, ne disait rien. Et tous les hommes qui bêchent se turent, approuvant au fond de leur cœur. Puis ils causèrent de la lettre adressée par M. Catulle Mendès à M. Lemerre, quelques heures auparavant.

Une note, communiquée par le premier commis de la maison au journal *le Temps* (1), disait :

« M. Catulle Mendès, tout inventeur du Parnasse qu'il se prétend, n'a pas encore obtenu le *dignus intrare* dans la *Petite Bibliothèque Littéraire.* »

Cet article étant une gracieuse surprise de ses vieux serviteurs, Lemerre ne put rectifier cette erreur un peu maladroite avant que Mendès la lui signalât par une lettre de tous points charmante :

« Mieux que personne, mon cher Lemerre, vous savez qu'en aucun cas, en aucun temps, je n'ai sollicité l'honneur d'entrer dans votre *Petite Bibliothèque littéraire;* même, je suis peut-être le seul, parmi les poètes contemporains, qui ne vous ait *jamais* offert un volume de poésies! Vous n'avez donc *jamais* eu à débattre, dans votre sagesse d'Éaque,

1) *Le Temps* du 15 novembre.

voire même de Rhadamante, si j'étais digne ou non de figurer parmi vos élus. Je suis sûr qu'en souvenir de notre bonne camaraderie, vous voudrez bien, mon cher libraire, démentir parmi les familiers de votre maison un faux bruit qui me choque. »

Chacun commentait ces mots affectueux quand l'invité (*) se leva. D'une voix un peu émue, sa bonne face rosée d'émotion et jouant avec sa jeune brochette, il parla à peu près en ces termes :

« Messieurs, mes amis, mes poètes,

« Tout à l'heure je considérais vos têtes illustres rangées autour de moi, et il me sembla voir quelque chapelet divin que j'égrène depuis vingt années; aujourd'hui enfin j'arrive à la croix, — c'est Monsieur le Ministre qui la fournit.

« Et ce chapelet évoque à mon souvenir le temps où j'étais petit commis chez un marchand d'ornements d'église, un simple Percepied, comme vous aimez à le rappeler, mes chers amis.

« Sans M. L. X. de Ricard, sans M. Mendès surtout, je vendrais encore des objets pieux. Et je n'ai vraiment aucun mérite, sinon celui d'un adroit et honorable commerçant. Je vous éditai, mes chers poètes; mais vous payiez les frais d'impression. Je n'eus certes pas trouvé, à ces conditions, d'autres auteurs.

« C'est à votre talent que je dois ma fortune; c'est votre énergie qui fit ma persévérance. Comme le dit un des miens dans cet article du *Temps* : « Bien souvent je me demandais « avec quelque angoisse : S rais-je pas fou, par hasard? « Ne suis-je pas en train de gâcher ma vie? Puis le lende- « main je me réchauffais à vos convictions inaltérables... »

« Je vous dois tout. Vous fournites les fonds et le talent. Et je ne puis vraiment mériter un peu ce beau nom de « Père des poètes » que pour avoir découragé peut-être quelques jeunes versificateurs par la rigueur de mes tarifs

« Oui, mes illustres amis, l'honneur d'Alphonse Lemerre

1.

demeurera de s'être assis toute sa vie au banquet des poètes. »

*

Quand il eut parlé tous applaudirent, frappés d'une si noble sincérité.

Dans le cours de la soirée, M. A. Lemerre dit encore quelques mots fort judicieux. Il remarqua que le ministre l'avait décoré assurément parce que trop de poètes avaient droit à la décoration : ne pouvant choisir entre les fils, il a pris le père.

Il termina en constatant qu'après MM. Coppée et Sully-Prudhomme, toute la Petite Bibliothèque Littéraire atteindrait à l'Académie. Et avec son bon sourire, « Messieurs les Quarante, dit-il, si vous hésitez entre les fils, imitez monsieur le ministre : Prenez le père ! »

*

Cette petite fête laissera un agréable souvenir.

DEUX MISÉRABLES

(NOUVELLE)

Sur le seuil du petit café, tenant encore la porte entr'ouverte, Henri s'arrêta; devant lui, tout seul, dans un rayon de soleil, Charles buvait un bock.

Depuis trois mois ils ne s'étaient pas vus, depuis qu'ils distinguèrent la même femme et qu'Henri, faute d'argent, dut cesser d'aimer. Cette collaboration, on pense, refroidit leur intimité : tout d'abord ils souffrirent de se voir, cependant qu'une inquiétude les poussait sans cesse l'un vers l'autre, puis Henri, vaincu, s'éloigna et ils s'écrivirent. Ils se disaient leur grande amitié et que tout était fini; et des silences trop éloquents désolaient Henri. Du moins, ajoutait Charles, après tant de désillusions, aucun ne vous remplacera dans ma confiance. Tant ils firent qu'à la fin ils se détestèrent et se turent.

Ce jour-là donc en s'apercevant tous deux hésitèrent, un peu émus sans pouvoir le cacher, et par habitude ils se serrèrent la main. Puis, d'un ton à peu près dégagé, Charles lui dit :

— Prenez-vous quelque chose ?

— Je n'ai qu'un instant... Volontiers.

Il y eut un silence ; Henri reprit :

— Les journaux sont toujours vides ; ils sont pleins de politique.

Le garçon, debout, attendait, et Henri disait à Charles :

— Êtes-vous comme moi ? Quelques gouttes d'absinthe m'énervent complètement, c'est à peine, d'ailleurs, si je puis supporter le café.

Ils causèrent, se rappelant les bonnes parties de jadis. Henri expliqua être venu pour une huitaine seulement ; il souffrait de cette ville : des coins de rue, des pierres du trottoir, de simples enseignes lui suggéraient les tristesses passées. Puis il aimait à vivre seul. Leurs regards se comprirent et Charles dit, après un silence :

— Si tu veux, nous irons faire un tour.

* * *

Alors, comme ils marchaient côte à côte et se regardaient avec joie, Henri le plaisanta en lui donnant de petits coups sur l'épaule :

— Tu as bonne mine, mon cher; sais-tu que tu deviens élégant!

A regarder Charles, c'est vrai, on devinait l'influence de la femme, quelque chose de soigné et une douceur dans les gestes. Il embaumait faiblement et son teint mat révélait un peu de fatigue.

— Tu trouves?

— Mais oui, tu es heureux.

Alors, sans transition, ils causèrent d'elle, et tous deux s'observaient pour ne point se peiner. Henri souriait avec effort; il déclarait l'avoir bien oubliée. Charles ne cacha pas sa joie. Et bras-dessus bras-dessous ils se disaient leur contentement de s'être retrouvés, et que l'amitié est encore le plus doux des bonheurs, de ceux qu'on trouve hors de soi. Ils s'amusaient d'être vus ensemble, d'intriguer quelques-uns qui savaient leurs difficultés. Charles, plus expansif, d'un amour-propre moins susceptible, exprimait toutes ces choses, tandis qu'Henri approuvait et, dans son cœur gonflé, sentait pourtant une satisfaction. Et au plus obscur de soi, chacun d'eux savait gré à l'autre de paraître aimer moins cette femme.

Mais Charles bientôt entama les confidences : Hier au soir, à la suite d'une querelle, il quittait

Jeanne; ce matin il lui signifiait par lettre qu'il l'attendrait tout le jour au café, décidé à rompre si elle ne venait pas. « Je le lui ai signifié », répétait-il en regardant Henri qui souriait.

Alors, il s'inquiéta de nouveau :

— Tu as tout à fait oublié Jeanne, n'est-ce pas ?

Il n'osait même pas la nommer. Il eût voulu se faire jurer que toute rivalité avait disparu, se réjouir dans son amitié et dans son amour. Avec son égoïsme d'homme faible et de passionné il croyait dans l'énergie d'Henri.

— Mon cher ami, répondait celui-ci, pourquoi me faire dire ces choses ? Je pense ne plus l'aimer, j'ai beaucoup souffert, et je désire la guérison....

Leur promenade les rapprochait du café. Charles entra, il revint tristement : personne, pas un mot.

Pourtant il affectait la confiance. Mais comme la nuit tombait et qu'on allumait de ci de là les becs de gaz, la belle joie les quitta. Charles devint plus tendre ; il se plaignait de la vie entière et ne songeait qu'à sa maîtresse. Alors Henri retrouvait dans son heureux rival ces mêmes plaies dont il avait tant saigné, et il essayait de relever le souffrant, de se relever lui-même, mais pour retomber bientôt. Et il disait :

— Tout est vide quand on n'aime pas, et quand on aime tout s'efface, et rien ne reste plus que l'amour qui est l'espoir perpétuel et la perpétuelle angoisse. Il faut craindre la passion et s'efforcer vers la santé. Celui qui se porte bien a des instants parfaits, vigoureux. Ses bras se raidissent d'eux-mêmes, il porte haut la tête, il gonfle sa poitrine. Il se sent le courage, la passion même de vivre.... Mais alors qu'il en serait ainsi, je crois que toujours je regretterais les doux instants où on est faible, où on souffre au milieu du bien-être matériel. Seul, complètement seul, on s'analyse, on caresse les plaies de son âme, on s'abandonne jusqu'à mourir. Et toujours ces douloureux et alanguis moments nous laissent une nostalgie....

Puis Charles répondait :

— Moi, je ne puis souffrir tout seul ; il faut que je me raconte et que je pleure. Et quand tu n'étais pas là je me suis confié à d'autres, et ils m'ont ridiculisé.

— Ah ! se disaient-ils l'un l'autre, si nous avions pu quitter cette ville, cet amour !

— Pourquoi, reprit Henri, pourquoi si loin poursuivre l'oubli ? Ici même il t'a sauté à la mémoire, et Jeanne sait verser les choses qui font ne plus se souvenir.

Charles se taisait; pour dire quelque chose, il murmura :

— C'est une bonne fille.

Et Henri répondit :

— C'est une belle fille.

Alors silencieux, gênés, ils allèrent jusqu'à la porte du café, et Charles étant entré ne vit pas sa maîtresse. Il appela Henri et tous deux dînèrent côte à côte.

*
* *

Le repas fut un peu triste, soucieux. Charles souffrait de sa maîtresse absente; Henri craignait qu'elle ne vînt.

Tous deux se taisaient. Et cette intime sympathie qui les rendait silencieux l'un et l'autre faisait plus douce encore leur réconciliation. Henri s'encourageait à garder quelque dignité devant Jeanne. Oh! la douceur et la tristesse de la revoir! Mais bien vite il se retirerait, les laissant à leur bonheur, sans affectation ; hélas! non sans regret, peut-être.

Mais désireux de voiler leurs pensées, ils causèrent de choses et d'autres. Henri éprouvait une tristesse à écouter son ami, comme une faible jalousie de ces inconnus mêlés à des histoires ignorées, à ces trois mois derniers d'où il était absent.

Avec une indifférence un peu affectée il demanda :

— Quel est ce Chapalin qui encombre ta conversation ?

— Rien ; un brave garçon, toujours charmant pour Jeanne et pour moi. Il parle peu, il est très doux. D'ailleurs, il vient ici tous les soirs, tu le verras....

C'est vers cet instant que la porte s'ouvrit et que Jeanne entra. Elle avait une toilette de mauvais goût, assez riche et fort tapageuse. Elle séduisait, ayant les hanches fortes et des cheveux roux relevés sur sa nuque fine.

Des joueurs levèrent la tête et ils paraissaient la désirer. Henri eut au cœur et à la gorge une émotion intense, poignante et chère à la fois, comme si toutes les douleurs, tous les bonheurs aussi qu'il avait reçus d'elle lui rentraient soudain dans le corps. Il alluma une cigarette déjà allumée.

Elle, en les voyant, se prit à rire, nullement étonnée, les considérant avec une jolie impertinence. Henri lui dit :

— Bonjour, Jeanne.

Et ils se serrèrent la main. Alors, comme elle se moquait à regarder la bonne figure troublée de Charles, Henri eut la faiblesse de sourire en haussant à demi les épaules. Elle s'assit, et sans plus, entreprit les histoires du jour, ses toilettes, les opinions de celle-ci, comme elle était dans ses meubles maintenant et qu'elle avait une salle à manger.

Henri lui répondait; il raconta son voyage en deux mots, et par instant, avec compassion, il demandait une réponse à Charles.

Heure charmante! La pièce était chaude, presque vide, les cigares secs et de contrebande. Il y avait un peu de mélancolie dans ce vieil amour remué. Et Jeanne souriait. Parfois elle s'arrêtait de causer pour répéter avec cette intonation presque admirative qu'il lui connaissait si bien : Cet Henri!... Cet Henri!... Puis elle les regardait en éclatant de rire.

Chapalin arriva, salua Charles et Jeanne, fut présenté à Henri et s'assit à leur table. C'était un grand jeune homme, assez gauche, avec un sourire toujours sur les lèvres. Depuis peu il buvait beaucoup, sans raison, et alors faisait et disait mille sottises, dont la moindre était bien sa manie de suicide. Des jeunes hommes spirituels le raillaient.

Jeanne l'interrogeait avec acharnement. Elle avait pitié de cet innocent et ne le cachait pas. « C'est un si bon garçon! » Elle l'accablait de courses et de commissions :

— Vous m'avez apporté un gentil bouquet, lui dit-elle tout d'abord. Je ne m'inquiète pas de ce qu'on dépense, moi. Et le vôtre, qui est tout petit, je l'ai gardé, bien que je sois dégoûtée des fleurs.

. . . .

Cependant la soirée s'avançait et Charles proposa de se séparer. En public, il ne possédait pas sa maîtresse : elle était à tous. Enfermés dans leur chambre, elle pouvait encore s'absenter, vaguer loin de lui. Mais s'il souffrait, du moins nul ne le voyait.

Jeanne, tout d'abord, se récria; elle offrit qu'on soupât chez elle. Charles n'avait jamais sommeil le soir et adorait les nuits blanches, les fumeries prolongées, tous les détraquements de la vingtième année. Puis en lui se réveillait la jalousie, et peut-être était-il heureux de s'installer en maître devant Henri. Celui-ci voulait se retirer.

— Pourquoi? dit Jeanne.

— Oui, pourquoi? reprit Charles.

Ils sortirent.

— Arrivez, Chapalin, cria Jeanne de la porte.
Et comme il s'excusait :
— Puisque Henri vient...

On acheta quelques provisions. Tous quatre s'entassèrent dans une voiture. Henri s'asseyait auprès de Jeanne ; elle lui rit au nez et appela son amant. Le cliquetis des vitres couvrit les voix. Et comme Charles tenait étroitement enlacée sa maîtresse, à la clarté fuyante d'un bec de gaz il devina le regard douloureux d'Henri et il retira son bras. Il ressentit de l'orgueil et un peu de chagrin de cette angoisse entrevue.

Cependant Henri affectait la gaîté ; il parlait beaucoup, taquinait ses voisins. Il chanta.

On était arrivé. Par l'escalier noir et trébuchant, à la brève lueur des allumettes, on pénétra dans une pièce froide et, la conversation étant nulle, on se mit à manger. Il n'y avait que trois verres ; un seul servit pour les deux amants. Henri en souffrit et les railla. Jeanne fut vexée comme maîtresse de maison.

L'ayant prise à part, Charles s'excusait de la scène de la veille. Elle lui pardonna ; ils s'embrassèrent. Elle sauta soudain, et frappant ses mains :

— Tiens ! il faut que je lui montre comme tu es gentil !

Il prit la lampe, très enchanté ; on passa dans la chambre à coucher. Fort ordinaire, avec une pénétrante odeur d'oppoponax, elle apparut mystérieuse et troublante à Henri. Au plafond se balançait doucement une lampe de nuit en verre de couleur que Jeanne alluma. Puis les autres visitèrent la cuisine, et lui resta dans l'obscurité bleuâtre où tout parlait à sa tendresse.

Jeanne revint et le découvrit. Avec un petit rire sec, elle écarta les rideaux du lit et tapota les deux oreillers brodés. Elle épelait les chiffres enlacés, et pour le forcer à parler :

— Comment trouves-tu cela, Henri ? Est-ce assez gentil ? Puis elle embrassa Charles, satisfait.

Mais soudain elle pirouetta dans un gracieux froufrou, et d'un geste coquet, soulevant l'abat-jour de la lampe, elle projeta la lumière sur Henri. Il s'adossait au mur, et dans son visage décomposé, ses yeux brillaient de larmes.

Alors, Charles eut un élan d'émotion, et brutalement il dit à la femme :

— C'est bien ! assez !

Avec force, il serra la main d'Henri, qui se tut, honteux d'être plaint.

On rejoignit Chapalin. Il n'avait rien entendu. Ils enfilèrent leurs pardessus. Charles cherchait à parler :

— On te verra demain, n'est-ce pas ?

— Non, je pars au matin.

— Tiens ! tu devais rester quelques jours !

— Bah !... à quoi bon ?... Ici ou autre part !...

Il put à peine achever ces mots.

— Dites donc, Chapalin, minaudait la femme, venez souvent nous voir.

Henri la regardait doucement, elle se mit à rire :

— Au revoir, mon vieux, lui dit-elle.

Il ne répondit pas, et, se tournant vers Charles :

— Adieu !

Au-dessus de l'escalier, les deux amants, penchés sur la rampe, les regardèrent descendre. La lampe les éclairait en plein, et Jeanne, enlaçant Charles, l'embrassa longuement. Alors, comme ils rentraient dans leur appartement, Henri, attardé, entendit Jeanne qui disait :

— Tu as vu sa tête, hein !

Il rejoignit Chapalin, et, préoccupé de cacher sa douleur, il parlait avec fièvre :

— Pauvre diable! C'est pas mal chez lui, mais quelle tristesse! Il fait bon marcher un peu. Les voilà seuls maintenant. Quel aimable tête-à-tête! Ah! les femmes! Des créatures très sottes et très rusées. Elle le mène par le bout du nez...

Chapalin, songeur, ne disait rien, et il souriait d'un sourire absent.

Les rues s'étaient éteintes. C'étaient de vieux quartiers inquiétants, sillonnés de rôdeurs étranges.

Henri, enragé d'oublier, reprit, en indiquant un groupe qui gagnait une petite rue fameuse dans toute la ville :

— Hé!... Je n'ai guère sommeil. Et là aussi, on aime!

Chapalin, toujours avec son doux sourire, répondit :

— Pourquoi pas?... Et puis j'ai soif!...

Ils remontèrent la petite rue noire, en silence.

Henri pensait qu'ils étaient là-bas. Elle l'avait accablé. Une grande douleur le remplissait. Il songeait aux duretés de la vie. Il eût été heureux, lui aussi, avec de l'argent.

Et il reprit :

— Là aussi, on aime.

Tous deux se turent et ils continuèrent leur chemin.

— Comme c'est triste! dit lentement Chapalin.

A cet accent bas et navré qui se fondait harmonieusement dans sa douleur, Henri tressaillit. Il regarda ce compagnon qu'il dédaignait, et sous le rouge reflet de la lanterne, leurs yeux se comprirent. Alors, secouant la tête et la gorge serrée, il lui tendit la main. Les deux misérables se la pressèrent longuement.

Puis, comme ils restaient là :

— Venez-vous boire? murmura Chapalin.

Il refusa d'un geste.

Après une nouvelle et longue poignée de mains, ils s'éloignèrent en sens opposé, sans un mot, pour ne plus se revoir, à jamais amis.

Et Henri dans l'obscurité doucement pleurait, tandis qu'avec des jurons, des joies et des zigzags, des ivrognes le croisaient, allant vaguer à leurs brèves et faciles amours, à leurs amours heureuses — peut-être.

LA SENSATION EN LITTÉRATURE

LA FOLIE

DE

CHARLES BAUDELAIRE

(Baudelaire, Verlaine, Mallarmé, Rollinat, des Esseintes)

IV

Les sublimes Poètes,

L'œuvre de Baudelaire, tout d'abord, parut peu féconde. De beaux esprits la comparèrent à un bassin étroit, creusé avec effort, dans un lieu sombre et couronné de vapeurs. On raillait volontiers les premiers visiteurs; certains rapportèrent d'étranges brassées de fleurs; d'autres ne revinrent jamais. Il est des beautés dont on meurt. Peu de poêtes furent aimés d'un amour aussi exclusif. C'est qu'ici l'œuvre et l'auteur ne font qu'un. Sommes-nous parents de ce malade, *les Fleurs du Mal* deviennent notre histoire même.

Plaisir amer et des plus doux que de se répéter tel vers de Baudelaire au matin de la nuit parisienne, dans l'ombre coupée de fiacres plus rares et de gaz pâlissant, le long des boulevards désertés, alors qu'un écœurement de nerfs surmenés, un souvenir des heures insipides, des camaraderies douteuses et de la lutte si mesquine et si vaine, vous envahit toujours pareil et traînant une ardeur inassouvie, quelque irritation qui salit. — Des ombres rôdeuses chuchotent d'amour et d'argent; et le dégoût pâteux de cette vie, de son passé et de ses lendemains nous emplit et se fond dans une nostalgie des pays bleus et gris où l'âme voltigerait par dessus le corps au milieu des harmonies. Cependant la volonté sommeille, impuissante à briser là, et des vers plaintifs obsèdent la mémoire :

> .... Sois sage, ô ma douleur, et tiens-toi plus tranquille....
> .... Le printemps adorable a perdu son odeur....
> ... Et bien que votre voix soit douce, taisez-vous....

L'influence de Baudelaire se révéla dans *le Parnasse contemporain*, recueil des poètes vivants, en 1865 et qui fait date dans la littérature de ce demi-siècle. Il y avait alors un renouveau de poésie. C'étaient des jeunes hommes d'ambitions énergiques, mais limitées. Il semble que dans les arts, comme dans les sciences, cette génération se soit vouée aux spécialités. Bien vite essouflé, chacun d'eux fignola, en bon ouvrier, sa petite œuvre.

Quelques-uns partirent de Baudelaire pour pousser plus avant; ce qui les relie, malgré toutes leurs excentricités, c'est leur recherche de la sensation rare, leur psychologie morbide. A côté du groupe plastique de Leconte de Lisle, ils furètent de ci de là, quétant la nuance, les vibrations lointaines; leurs nerfs, toujours tendus, perçoivent ce qui échappe à nos bonnes santés; ils *voient* et ne s'arrêtent pas toujours aux hallucinations. D'où, on le conçoit, certaines obscurités qui proviennent tantôt de la profondeur, tantôt de la faiblesse des pensées. Les plus audacieux en viennent à demander la sensation à la seule resonnance du mot; ce sont des évocateurs, des musiciens. — Comme Baudelaire eut souri à les voir parfois convoquer les mots les plus lointains pour rehausser une puérilité, lui l'esthéticien toujours réfléchi, et qui prétendait à rendre, par les mots les plus simples, les plus complexes impressions.

Par dessus ce petit peuple tourmenté de dévots, convaincus ou simples jouisseurs, qui communient en Baudelaire, trois figures se détachent également intéressantes *pour le psychologue*, MM. Stéphane Mallarmé, Paul Verlaine et Maurice Rollinat.

* *

Il est assez difficile de détailler en bons termes l'œuvre de *M. Stéphane Mallarmé*. Publiés à longs intervalles dans des revues ou des plaquettes de petit tirage, ses poèmes en prose, non plus que ses vers, ne furent jamais réunis. La critique n'eut pour lui que des haussements d'épaule. Je doute qu'il en soit touché. Entendons-nous sur cette nature; c'est, si l'on veut, un cas psychologique. Par son acuité l'œuvre de Mallarmé pénètrera des coins secrets de notre tempérament; elle nous intéressera toujours à cause de son esthétique. A le lire, le raffiné se réjouit tantôt d'une coupe de vers, tantôt d'une analogie qui fixe une impression fugitive dont il fut effleuré lui-même, tantôt de la complexité pour la complexité même, comme tel autre d'un problème ingénieux. On lui objecte le bon sens, le suffrage universel des lettrés, le but de l'art, que sais-je? Paisible, partagé entre les soucis du gagne-pain et les satisfactions désintéressées, il aspire simplement à ramasser dans un vers tout un poème, à formuler la vie et le tumulte d'une époque dans un mot ; il supprime les préambules, les explications, il sent trop pour sentir encore les grosses sensations. Son vocabulaire est simple, chaque membre se phrase clair ; l'ensemble le plus souvent incompréhensible. Suivons, en effet, son procédé de composition : sur l'idée initiale d'une complication déjà singulière, il raffine mathématiquement, puis, pour la réaliser, ayant fait choix de quelque comparaison rare et *adequate*, il lâche tout soudain et ne conserve plus que la comparaison même, d'où il s'élance, sans autres explications, à de nouvelles et lointaines analogies. Encore, pour resserrer le tout, supprime-t-il les transitions ; et le plus souvent il procède, non point d'idée à idée, mais d'émotion à émotion. C'est bien là de l'art sensationiste, mais toujours voulu, médité, et développant quelque conception intellectuelle. Il écrit pour lui seul, et quelques blasés le savourent.

Cela titille étrangement tout l'être. La volupté est singulière à pénétrer ces rebus ; c'est parfois la moelle substantielle. Des vers d'une fière venue semés ça et là acquièrent un éclat superbe de l'obscurité même du fond. Ce demi-

jour de l'entendement double l'effet, affirment
les initiés. Cette poésie symbolique est un ex-
citant qui n'assouvit pas. Que demandez-vous
ici de la passion, d'éloquents lieux communs !
Allez à d'autres clairons. C'est la tournure d'esprit classique au service d'une observation tenue,
dévidée subtilement avec de soudaines rup-
tures, comme le fil d'Ariane au labyrinthe,
comme encore un voluptueux qui s'interrompt.
Il faut les lire ces poèmes avec des lunettes au
cerveau, pour ainsi dire ; les commenter avec
un ami impressionnable, un peu sceptique et
qui sait la raillerie trop facile. Il y a là des jouis-
sances de vieux professeur, de chanoine, des
liqueurs à déguster lentement, très lentement,
à ces heures où l'on trouve trop gros les écrou-
lements splendides de Hugo, les pays de bronze
et de soleil de Leconte de Lisle, les guets-
apens et le délire de Balzac.

Et encore ! je parlais de chanoines tout à
l'heure, mais non j'aime mieux voir dans
l'œuvre de Mallarmé la lecture dernière de
vieux célibataires, très maigres et dévots de
Schopenhauer qui ayant reconnu l'inanité même
du plaisir intellectuel l'amoindrissent, le rape-
tissent, en le faisant chaque jour plus aigu.

Plus facile est le domaine de *M. Paul Verlaine*. Il connaît les souffrances communes ; il écrit d'exquises élégies, des romances chastes et sentimentales, là où il est bon, c'est le poète du tact ; de l'infinie nuance. Le grand succès près des lettrés ne peut manquer de lui venir. On lira ses *Poèmes Saturniens* où il cherche sa voie et se croit encore impassible ; ses *Fêtes galantes* qui sont une délicieuse fantaisie très subtile et très personnelle comme en conçoivent seuls ces pays du nord, patrie de Watteau, de Carpeau, de Verlaine et des dentelles. Dans les *Fêtes Galantes*, dans *la Bonne Chanson*, dans les *Romances sans Paroles*, nous sommes bien loin de Baudelaire. Ce sont des plaintes qui meurent avec une tendresse incomparable, des murmures d'amour tristes à faire pleurer. C'est le dernier degré de l'énervement dans une race épuisée. C'est de l'art, parfois le plus exquis que nous sachions.

> O triste, triste était mon âme
> A cause, à cause d'une femme...
> . . . .
> ... Il pleure dans mon cœur
> Comme il pleut sur la ville
> Quelle est cette langueur
> Qui pénètre mon cœur.

On goûtera peut être plus lentement *Sagesse* ; c'est pourtant sous sa forme enveloppée un livre de désolation qui mérite de demeurer comme le terme suprême du mysticisme baudelairien ; Très original d'allure, Verlaine appartient à cette race d'esprits inassouvis que nous interrogeons. Mieux que tout commentaire la préface expliquera l'œuvre :

« L'auteur de ce livre n'a pas toujours pensé comme aujourd'hui. Il a longtemps erré dans la corruption contemporaine y prenant sa part de fautes et d'ignorances. Des chagrins très méri-tés l'ont depuis averti, et Dieu lui a fait la grâce de comprendre l'avertissement. Il s'est prosterné devant l'Autel depuis longtemps méconnu. il adore la Toute-Bonté et il invoque la Toute-Puissance, fils soumis de l'Eglise, le dernier en mérite mais plein de bonne volonté. »

Et les vers suivent d'une grâce mélancolique qui se contourne sur des fonds gris, sur des teintes impressionnistes et que traversent des soupirs de dévotes jeunes, avec des invocations à la Vierge, des atritions, comme ensemble un petit air cafard et retour de Cythère, puis des sanglots très vrais, du sérieux de pédant en prière avec des coquetteries de ballerine ; on songe aussi à ces étoles pieuses dont la mode

rhabille les plus belles de nos pécheresses; et
tout cela est bien de cette époque incohérente
et de ce groupe qui créa et arbora le *zutisme*, le
dernier mot de l'indépendance. Sentira-t-on ce
qu'il saigne de tristesse sous ce scepticisme af-
folé qui bondit d'un excès à l'autre, ne voit par-
tout que « balançoires » et ne peut se résigner à
la sagesse inconsciente du bon bourgeois qui
fume sa pipe par la fenêtre et regarde passer la
vie.

Je voudrais vous faire admirer les prières à la
Vierge, les dialogues scolastiques du poëte et
du Christ et ces deux sonnets : *Sagesse d'un
Louis Racine, je t'envie*, et le suivant, et encore
les Petites Mains, sans oublier *les Voix*, mais
c'est l'ensemble, l'œuvre tout d'une traite qu'il
faut comprendre.

M. Sarcey, conférencier, excelle à simplifier
l'analyse par une formule peu compromettante
que j'aimerais à lui emprunter : « Je ne sais si
vous êtes comme moi, dit-il à ses auditeurs
flattés, mais je trouve tout cela bien curieux. »
Écoutez plutôt ce que la sagesse humaine disait
jadis au poète :

. . . .
N'as-tu pas en fouillant les recoins de ton âme
Un beau vice à tirer comme un sabre au soleil,

> Quelque vice joyeux, effronté, qui s'enflamme
> Et vibre, et darde rouge au front du ciel vermeil?
> Un ou plusieurs? Si oui, tant mieux! Et pars bien vite
> En güerre, et bats d'estoc et de taille, sans choix
> Surtout, et mets ce masque indolent où s'abrite
> La haine inassouvie et repue à la fois...
> Il faut n'être pas dupe en ce farceur de monde
> Où le bonheur n'a rien d'exquis et d'alléchant
> S'il n'y frétille un peu de pervers et d'immonde,
> Et pour n'être pas dupe, il faut être méchant.

L'excellente théorie de la vraie débauche intellectuelle ramassée dans ces derniers vers. Ah! le bon fils de Baudelaire que voilà!

> Ah! Seigneur, donnez-moi la force et le courage
> De contempler mon cœur et mon corps sans dégoût (1).

Voit-on assez monter le désenchantement et l'immoralité! Immoralité qui n'est faite que de l'insurrection de nos consciences, formées par des siècles de foi, contre les libres assouvissements où nous convie cet instant débridé et sans maître; lutte de l'être qui se dédouble et ne retrouvera la paix et l'unité que dans une loi, dans un dogme.

Au côté de Verlaine il convient de laisser Arthur Rimbaud, l'étrange jeune homme qu'il nous fit connaître (2). Le poète du *Bateau ivre*,

(1) *Fleurs du Mal : Un Voyage à Cythère.*
(2) *Les Poètes maudits.*

âgé de seize ans, fut accueilli à Paris comme un prodige, récita quelques strophes d'un grand mouvement, des vers d'un charme très subtil où l'on sent « sourdre et mourir sans cesse un désir de pleurer », puis il disparut, désespéré de la vie, dédaigneux de l'art, laissant des manuscrits épars, un inquiétant souvenir et une plainte farouche qui mérite de demeurer (1).

> Mais vrai, j'ai trop pleuré. Les aubes sont navrantes ;
> Toute lune est atroce et tout soleil amer ;
> L'âcre amour m'a gonflé de torpeurs enivrantes :
> O que ma quille éclate ! O que j'aille à la mer !

***

Survint la guerre de 1870 qui arrêta cette renaissance de la poésie. Les vers durent céder à la prose. Cependant l'idée baudelairienne régnait sur des cénacles. Elle put espérer des jours plus propices dans ces dernières années. On menait grand bruit à Montmartre d'un jeune poète qui déclamait ses vers avec une sauvage conviction et tout le génie d'un grand tragédien. Vint le jour où ce talent déborda les brasseries intimes. Ce fut un beau tapage. Si l'on ne souffla mot de Mallarmé ni de Ver-

(1) *Le Bateau ivre.*

laine, du moins Baudelaire fut révélé à plus
d'un — par les *Névroses* de Maurice Rollinat.

Bien qu'ils élèvent leurs œuvres dans les
mêmes régions, et qu'une atmosphère commune
les enveloppe, tout les sépare. Rollinat est un
rustique, Baudelaire un dandy. Tandis que ce
dernier se cloître en sa demeure, mure toute
vue sur la nature et laisse seul se glisser quelque argenté rais de lune, tandis qu'alangui
par les énervants parfums de la chambre close
où palpitent les débauches de la veille, il se
complaît à repasser les lourdes splendeurs des
rivages lointains, tandis qu'il jette parfois un
regard singulier vers cette porte entrebaillée,
cette porte sanglante des appartements défendus,
qui attire et qui inquiète comme la rouge bles-
sure d'une chair où la bouche mi-close du vam-
pire, — c'est en pleine campagne, au contraire,
dans les brandes que s'installe M. Rollinat. Sans
doute il assombrit la nature, il lui porte ses
inquiètes dispositions qui sont un mystère de
la naissance et passent le domaine du psychologue. Il souffre étrangement de la tristesse des
arbres : quand la nuit le surprend au milieu des
champs, il est mordu par de fantastiques terreurs; mais de toutes parts le pénètrent les
saines et fortes senteurs de l'étable....

Hélas ! il vint vivre à la ville ; ses sens, toujours grossiers, s'affinent, sa sensibilité s'exaspère. Les luttes pénibles du début le meurtrissent sans le fortifier. Dans cet exil, chaque jour sa sympathie s'élargit. En toutes choses il voit des êtres, des âmes, c'est-à-dire des souffrances. Trop énervé, il ne peut se réfugier en la sévère croyance au néant ; la mort, pour lui, c'est l'affreux squelette qui, sans trêve, le poursuit et vient mettre son épouvantement au milieu de toutes les joies. Alors le poète retourne à ses amis rustiques, à toutes ces bêtes dont il fut l'interprète, le confident jusqu'en leurs amours. Même dans ce dernier refuge, des angoisses le poursuivent ; sa machine détraquée, son cerveau halluciné le jettent en de folles terreurs ; et, terrassé par la névrose, il implore Notre-Dame la Mort, il compose son épitaphe, puis, d'une voix égarée, entonne son *De profundis*.

Dans le groupe sensualiste que nous étudions, au milieu de ces poètes analystes et voulus, Baudelaire, Verlaine et Mallarmé, cet irréfréné tempérament étonne. Cette abondance, ce souffle qui glisse et nous enchante chez Lamartine, qui tourbillonne et force l'admiration chez Hugo, choque trop souvent dans les *Névroses*.

L'inspiration violente apparaît quelque fois comme le désordre superbe d'une création ; elle peut sembler aussi un pénible chaos. Dans sa fièvre, Rollinat étreint la langue, la brutalise, la blesse parfois ; elle se venge en se refusant à lui. L'artiste faiblit, l'expression juste se dérobe, la phrase culbute, et l'idée s'enfuit commme elle peut dans un triste lambeau de style.

C'est là l'infériorité de Rollinat. Un tempérament de poète ne produit œuvre de poète que s'il joint à la sincérité le don de nous émouvoir. Rollinat disait admirablement ; aucun auditeur ne peut se dérober à son influence. À la lecture, il perd ses avantages. Parfois, on croirait que, surexcité par le contact de son public, par la nécessité de faire plus violent, d'étonner encore des familiers, il s'emballe au delà de ses sensations, dans la rhétorique du genre. Cette fougue, cet élan sans calcul font parfois que le bond du poète n'atteint que la brise qui passe. La chute est alors complète et risque d'éveiller des sourires. L'agitation, les mots à effet ne sauraient nous tromper. Sous la grille de ces vers, rien ne palpite. Il semble assister à quelque furieuse pantomime.

Toujours sans critique, sans intervention de la volonté, les sensations se traduisent immé-

diatement dans son cerveau, en récits dramatiques. Il ne les analyse pas, il n'a rien du psychologue qui médita *les Fleurs du Mal*.

Il ignore la savante rhétorique de Poë, qui
communique à son lecteur les plus épouvan-
tables frissons de la terreur, sans même en
prononcer le nom. Lui, au risque de nous faire
fuir tout d'abord, intitule un poème : *La Peur*.

J'insiste là-dessus ; parmi ces analystes qui
créèrent avec réflexion la psychologie morbide,
il est inconscient, plus théâtral que sincère ; au
résumé, un convulsionnaire. Emporté par son
tempérament, et parfois par les bravos, au risque
de se casser les reins, il va plus loin qu'aucun.
Des vaudevillistes lui font signe et l'on hésite
à le suivre. Byron disait : « Je serais curieux
d'éprouver les sensations d'un homme qui vient
de commettre un crime. » Baudelaire a écrit :
Le vin de l'assassin. Rollinat nous révèle *le
Soliloque de Troppmann*.

Normal, le fonctionnement du cerveau,
comme de tout organe, nécessite un certain
afflux de sang. Excessif, il entraîne une congestion qui peut durer un temps considérable :
alors, dans la conscience, bouillonnent des
pensées immenses et des sentiments violents,
poussés à un tel degré d'intensité qu'ils sont

des illusions; puis, des fonds obscurs de l'individu surgissent des états de conscience rare, et qui deviennent les sentiments dominants. Mais si cette congestion fait place à une inflammation, l'ordre et la proportion disparaissant, — il y a délire.

———

V

Les Décadents : (La vie, les monstres)

Rollinat tout irréfléchi, tout d'élan, marque une extrémité de l'esprit baudelairien comme le travaillé, le voulu de Mallarmé. Ces deux esprits si curieux pas plus que cet artiste, Paul Verlaine, ne possèdent le public. Mais le flot qui les porte avance chaque jour.

Certains ont apporté leur inquiétude, leur perverti douloureux dans la critique, dans l'étude de la société contemporaine. Ils se complaisent aux plus hideuses maladies pourvu qu'elles soient rares et poussent l'amour de l'unique jusqu'au culte du décadent.

Dans le roman, nous indiquerons les taches verdâtres, la décomposition des *Monstres Parisiens* de M. Catulle Mendès. Étrange maladie de l'amour ! Pourquoi donc ces chairs pourries, ces parfums sous les dentelles, ces vierges dépravées, sinon par raffinement de luxure baudelairienne ? Dans *Fleurs d'ennui*, dans *Mon Frère Yves* et ailleurs, M. Pierre Loti fait accepter et admirer du gros public des subtilités étranges, des nostalgies, un frissonnement perpétuel des nerfs, une symphonie faite uniquement de sensations, des plus brutaux appétits comme des plus raffinées morbidesses, et c'est par Loti, par Francis Poictevin encore, ce curieux japonais d'Heidelberg, que le courant parti de Baudelaire vient caresser le domaine des Goncourt, sensationistes eux aussi et plus préoccupés de traduire des émotions individuelles que de rendre la réalité et qui vivront pour s'être racontés à chaque page de *Charles Demailley*, de *Manette Salomon* et de *la Faustin*. Le suprême effort de ces deux artistes merveilleux pour suivre la logique des émotions en dépit même des traditions grammaticales aboutit, notons-le, à désarticuler la prose comme fait Verlaine du vers.

Ai-je besoin de joindre à ces décadents J.-K. Huysmans. Chacun de ses romans reflète cette tristesse crépusculaire dont nous distingâmes les infinies nuances, et plus d'une fois nous avons pu citer son étonnante monographie d'un sensualiste qui n'écrit pas. L'objet de notre étude n'est point esthétique; et le héros d'A. Rebours, *des Esseintes*, nous intéresse comme type, et au même titre documentaire que Mallarmé ou Rollinat. C'est qu'en effet autour de ceux que nous écoutâmes, et qui du moins se consolent de leurs souffrances à les fixer, grouillent de pauvres malheureux grisés de cet atmosphère ; petits jeunes gens consciencieux, posticheurs d'excès, énervés de brasserie, qui veulent eux aussi jouer du bilboquet et s'écrasent de la boule le nez: ratés prétentieux qui insultent volontiers ce qu'ils ne comprennent pas, qui ignorent les traditions de quoi se forme tout talent et Baudelaire, qui truquent les procédés, chipent les épithètes et sans émotions, ni goût, ni fantaisie même, rédigent péniblement des recueils d'incongruités. Solitaires parmi cette plèbe, saluons quelques infortunés que la banalité de l'existence écœure, que leurs sens ne peuvent satisfaire, qui ne daignent ou ne peuvent se consoler dans les impudeurs de cet art autobiographique et qui flotteront, inassouvis jusqu'à la mort, de la maison de santé à la maison de Dieu.

VI

Conclusion.

S'ils me séduisirent, ces artistes singuliers, si j'ai dit trop lentement le rythme de leurs strophes et la nuance de leur verbe, on voudra bien excuser ma psychologie un peu buissonnière pour avoir appris d'elle le charme de ces nouveautés. Ne voulais-je pas étudier la vie à travers cette littérature sensualiste ? Toute la sagesse des poètes tient peut-être en la douceur de leurs rimes. Il est des cœurs transverbérés éternellement à cause de trois mots associés dans une forme unique. Et les systèmes des philosophes, leurs arguments, tout leur génie, n'atteignent pas là.

Il convient, toutefois, de voir clair jusqu'en nos enthousiasmes. L'œuvre de ce groupe est mince au résumé : Baudelaire ne fut peut-être qu'un esprit laborieux qui sentit et comprit par Poë des choses nouvelles et se raidit toute sa vie pour se spécialiser. Mallarmé et Verlaine faillirent à leurs ambitions ; certaines élégies de Verlaine sont de premier ordre, mais son œuvre la plus haute, celle qui nous intéresse, *Sagesse*, pour ses inégalités pourrait parfois faire sourire des âmes simples.

Au demeurant, c'est leur effort, la chose à faire plutôt que la chose faite, que nous admirons. Tout un monde renouvelé, sourd parfois en nous; des liens secrets nous rattachent aux grands mystiques; la *Vita Nuova*, les Primitifs sont plus voisins de nous que les deux siècles derniers. Nous avons des minutes d'un spiritualisme intense que seuls satisfont à peu près les maîtres catholiques ou encore, parmi les modernes, Puvis de Chavannes, Gustave Moreau, les Préraphaélites anglais, peintres et poètes. Et Baudelaire est notre maître pour avoir réagi contre le matérialisme de Gautier, qui est le réalisme d'aujourd'hui, et contre tout le superficiel du romantisme. C'est par les *Fleurs du Mal*, peut-être, que nous reviendrons à la grande tradition classique, appropriée sans doute à l'esprit moderne, mais dédaigneuse des viles couleurs éclatantes et de toutes les sauvageries plastiques, convaincue que l'intellectuel s'honore d'être discret, et rêvant d'exprimer en termes clairs et nuancés des choses obscures et toutes les subtilités intimes. Pour conclure, si je ne suis pas assuré que Mallarmé nous mène là, du moins, affirmons-le, Baudelaire suggéra des curiosités nouvelles à l'esprit français, et dota notre langue des plus délicats procédés d'analyse.

Dans le balancement perpétuel qu'on nomme le Progrès, les *Fleurs du Mal* et tout ce groupe déterminent, parmi quelques jeunes esprits distingués, un des mille retours du moral sur le physique. Qu'on l'aime ou non, — c'est affaire de tempérament, — il demeure une psychologie et une langue baudelairienne.

* * *

Cette manière nouvelle de sentir que créèrent les Maîtres de l'École, et qu'eux-mêmes proposent aux intelligences secondaires, aporte-t-elle quelque bien à l'humanité ?

La fin d'action la plus immédiate de ces artistes est de faire de beaux vers. Bien vite ils s'aperçoivent que, même ce but atteint, le bonheur leur échappe. Grands artistes ou simples sensualistes, Baudelaire ou des Esseintes, ils se trouvent en face de la vie également désarmés et inquiets d'idéal; ils s'agitent dans l'irrésolution. N'est-ce pas, d'ailleurs, la souffrance de tous, à cette queue de siècle où la vie dédaigne ses buts anciens? Vit-on jamais plus de blasphèmes? De là, Leconte de Lisle et Flaubert coulent au désespoir, au nirvanâ plus ou moins réel. C'est qu'ils embrassent le mal universel sévissant à travers l'Espace et le

Temps. D'autres se donnent à la recherche désintéressée du vrai... Mais repliés sur eux-mêmes, les sensationnistes se croient une exception, des maudits, des victimes marquées par une puissance extérieure. Leurs désirs ne leur laissent pas de repos, les chassent d'excès en excès, les lassent, les blasent, les excitent à relever de piments défendus les voluptés trop fades. La notion du Bien et du Mal que les siècles déposèrent en chacun de nous ne fut jamais étouffée en eux sous les théories de cette heure ; à peine furent-ils effleurés de la science comme d'une poussière flottante. L'idée morale aiguilonne leurs débauches, ainsi que la pudeur excite la luxure, jamais elle ne leur sera un but ni un refuge. Ce mysticisme brumeux qui les enveloppe ne prend pas corps ; il leur permet de blasphémer, mais non de se régler. C'est pourquoi, tumultueux jusqu'à la tombe, ils chancelleront du paradis des croyants aux paradis artificiels.

* * *

Au terme de cet essai j'imagine volontiers qu'un gouvernement, tel que nous le rêvons d'après Hobbes, s'inquiéterait d'arrêter, par quelque vigoureuse hygiène, de pareilles doctrines, aussi fécondes en malades et en perturbateurs que stériles de citoyens, et, pour tout dire, nuisibles à la discipline des esprits. Mais je pense que le despote sage, après réflexion, remettrait d'intervenir, fidèle à la tradition d'une aimable philosophie : « Après nous le déluge ». Et, s'il hésitait encore, quelque conseiller un peu sceptique et d'esprit délié le convaincrait à peu près en ces termes :

« Ce sont là jeux du génie et à toute époque il convient de lui laisser quelque chose à dévorer. Aussi bien des douches très froides et distribuées avec tact amèneraient une amélioration, sans rien guérir; le mal vraiment passe l'individu pour atteindre la race même : voyez nos grandes villes sous le brouillard de tabac qui les enveloppe, abruties dans les fonds par l'alcool, entamées dans le haut par la morphine, c'est là que se détraque l'humanité. Rassurez-vous; il en sortira plus d'épileptiques, d'idiots et d'assassins que de poètes. Et puis, lors même que vous pourriez fermer ces usines de monstres, ne conviendrait-il pas d'accorder quelques regrets aux Baudelaire et aux Verlaine dont les souffrances délassent le flâneur simple et sans prévention qui s'attarde à les écouter quelques minutes brèves.

Pour suivre prochainement : *Le Sentiment en Littérature.*

GAZETTE DU MOIS

Théâtre. — L'année 1884 demeurera célèbre par la Passion de Shakespeare. Il fut trahi par un des siens, le poète Jean Richepin, et traîné devant le public. Il fut comdanmé à Lacroix. Deux saintes femmes le mirent au tombeau : Mesdames Sarah Bernhardt et Tessandier.

Au bout de quelques représentations il ressuscitera.

Tous ces temps-ci, on abusa de Mademoiselle Van Zandt.

C'est une personne agréable. Sa gaîté va même jusqu'à l'étourdissement. Elle se grisa un brin l'autre soir à l'Opéra-comique. Tous les petits farceurs de la presse en firent de la copie. On leur avait manqué de respect ! — Le mot est joli et me rappelle ce que Dumas disait à son domestique : « Quand tu entendras à table un juif protester de son honnêteté, c'est qu'il est ivre. » Ces Messieurs parlent de leur *honorabilité*. Est-ce que eux aussi, comme le juif et comme Van-Zandt !...

Au résumé, si elle aime le champagne ou le cognac, cette jeune personne, je ne vois qui de ces messieurs en souffre ! On sait assez qu'ils se désintéressent de l'addition.

Quant aux spectateurs de ce soir là, ce sont, à parler franc et dans l'idiome dramatique, des veinards !

Qu'on recommence la séance, je jure que la salle sera trop petite.

C'est, bien sûr, l'avis secret de M. Lucien-Victor Meunier ; ce chroniqueur, aussi farouche que parfumé, et qui susurre des choses méchantes pour des prix doux au *Cri du Peuple*, eut à cette occasion un mouvement superbe. On a beau tremper sa plume dans les sueurs du populaire, exciter à l'assassinat de quelque brave policier et improviser des incantations sur la débauche des fils des bourgeois, on n'est pas de bois, que diable !

C'est ce qu'il révèle en termes émus, où se dresse vraiment toute l'ardeur de sa belle jeunesse comprimée. Avec feu, il couvre Madame Van Zandt « parce que c'est une femme seule ».

D'où il résulte que si elle avait été accompagnée...

Gaillard, va !

Un jeune auteur consacre ses veilles à terminer un petit opéra-comique. On y voit un meunier (Lucien-Victor), épouser une actrice (Vand-Zandt) ; on a bien vu des rois épouser des bergères. L'effet du final est superbe, disent ses amis : c'est la noce (mariage civil) qui défile un peu pocharde. — Trublot étant garçon d'honneur, — sur l'air de : La Meunière a des écus... Toute la rédaction du *Cri du Peuple* suit. C'est fort gracieux.

Il destine cette bluette à M. Fernand Samuel (1), comme au plus littéraire de nos directeurs.

Dès aujourd'hui il est certain qu'il attachera son nom à la Renaissance théâtrale ; — j'ai vu les affiches sur le bâtiment en question.

Et même on les renouvelle souvent. Il peut se vanter d'avoir recueilli dans son arche toutes les espèces connues d'auteurs dramatiques et par couples. N'empêche que la main du dieu des Juifs reste toujours étendue sur lui — *inflexiblement*.

(1) *L'Inflexible*, drame de MM. Parodi et Vibert, théâtre de la Renaissance.

Mais qui est-ce qui disait donc — ou à peu près — avoir vu Samuel danser devant l'arche, ces jours-ci.

*
*   *

Après l'Opéra-Comique, l'autre.

On s'aperçoit à cette heure que tous les directeurs du grand Opéra feront faillite : c'est la faute à Garnier.

M. Sarcey affirme dans l'intimité que c'est la scène à refaire.

M. Garnier a un tas d'imaginations, de devis, de nouveaux projets. — Cet homme là aura eu toute sa vie l'esprit de l'escalier.

*
*   *

C'est une douce joie pour nous autres, desœuvrés et amis de la littérature, que d'apprendre l'apparition d'un chef-d'œuvre nouveau. Or, il parait qu'*Enguerrande* est un chef-d'œuvre ; M. Albert Wolff qui s'y connaît et M. Octave Mirbeau qui la connaît, partirent aussitôt de leur plumes. — Du moins je tiens pour assuré que c'est un poème dramatique de M. Emile Bergerat.

*
*   *

Très magnanime et très malin, M. Wolff ! Il pardonne les attaques que Bergerat ne lui ménagera guère. « Mon cher confrère, lui dit-il, vous n'êtes pas un chroniqueur, mais bien un poète. »

Déjà les hommes de théâtre avaient dit au même Bergerat : « Vous, un dramaturge ! allons donc ! le plus brillant des polémistes ».

Pour peu que les poètes s'avisent d'en dire autant ! -- Du moins chacun tient pour assuré que M. Emile Bergerat est bien le gendre de Théophile Gautier.

Chroniqueur dramatique, il tenta l'impossible. Il prétendit juger le théâtre d'aujourd'hui en artiste. Il osa être sincère. Il prévenait des gens de talent le jour où ils se trompaient. Cela est bien délicat. Nous voudrions que M. Bergerat en convint pour nous mettre à l'aise.

C'est sous son loup d'*Homme Masqué,* dans ses chroniques du

Voltaire, que je le préfère. Avec une verve un peu grossière parfois, il maria fort drôlement Vallès à Gautier Il houspilla de jolie façon les petits scribes qu'il nomme *soireux*, ceux-là qui travaillent la nuit et demeurent leur vie entière dans la coulisse.

Ils se vengèrent. Je me rappelle encore leur joie bruyante au café Voltaire, près l'Odéon, le soir de la première du *Nom*. Ils s'exitaient à ne pas comprendre. Ce fut la consp ration de la bêtise où ils excellent.

Pour *Enguerrande*, je ne doute pas que ce poème soit cher (1) à tous les lettrés.

Robert de Bonnières, avec ses *Monach*, s'installe au premier rang pour débuter.

C'est le succès de la saison, — succès littéraire et mondain.

Le juif Ollendorf l'édita, convaincu d'aider à sa race. Tout Israël n'est pas de cet avis. Je ne suis pas bien assuré des intentions de l'auteur. J'y verrais volontiers une satire ; c'est avant tout une œuvre forte, d'observation minutieuse, d'une belle sobriété. C'est bien la suite des *Mémoires d'aujourd'hui*, qu'il signait *Janus*, au *Figaro* ; mais avec un talent plus sûr chaque jour et qui s'élargit

M. Champsaur est un indépendant embusqué sur le boulevard contre amis et ennemis. Il vient de suspendre à sa ceinture, — chez Dentu, — quelques-unes de ses victimes les plus illustres. Cela s'appelle le *Massacre* ; — toutes ne sont pas mortes.

Ce *Massacre*, qui ne touche que d'un peu loin à celui des innocents, est très méchant ; donc, amusera.

Premier prix de réclame à M. René Maizeroy.

Sa petite chose, *les deux Amies*, fait songer à une jolie fille

(1) 25 francs.

dans l'arrière boutique de certaines parfumeries, mauvaise réputation, mais jolie fille — pour dix minutes.

*
* *

Avant de mourir, le coupable assassiné, Morin, a donné le bon à tirer.

Ses dernières révélations paraissent chez Alcan, sous ce titre : *Essais de critique religieuse.*

MORALITES

On annonce pour paraître incessamment un volume de M. Stanislas de Guaita. M. de Guaita écrivit un jour que Baudelaire est peut-être le plus grand des poètes. Et de fait, avec une note personnelle très sincère, son curieux volume *La Muse Noire,* — qui est assurément un des efforts les plus intéressants de la jeune poésie, — frissonne à chaque page de cette sensibilité morbide qu'on peut nommer, je crois : *La Folie de Charles Baudelaire.*

Ce nouveau recueil de vers, dont les cénacles s'inquiètent comme *d'une œuvre,* est intitulé : *Rosa Mystica.* Serait-ce là l'évolution mystique, fatale, croyons-nous, chez tout sensualiste excessif ?

*
* *

Et encore : l'*Ile de Prospéro,* par un poète curieux, M. Charles Vignier, dont les essais qui trahissent la préoccupation d'une formule nouvelle ont été fort discutés ; les *Syrtes,* par M. Jean Moréas, un volume qui ne sera pas mis en vente.

Paris, Imp. René Bussy, 9, rue de la Fidélité.

LE MOUVEMENT LITTÉRAIRE CONTEMPORAIN

LES JOURNAUX LITTÉRAIRES

Le Biographe, de Bordeaux, sous l'habile direction de M. Jehan Madeleine, organise des concours fort suivis sous la présidence d'honneur de Mme Marie-Edouard Lenoir, la très gracieuse poétesse de *Fleurs de Cyprès*.

Parmi les poètes qui sont des couronnes eux-mêmes et se disputent les siennes, nous remarquons avec le plus vif intérêt MM. *Théophile Junin*, les *frères Gratterolle, Charles Fuster, Maxime Foussard, Elzéar Jouveau,* et toute une phalange que nous retrouverons les mois prochains.

La même ville nous a donné *la Ballade* que dirige M. Charles Fuster. Le jeune poète bordelais, dont l'*Ame pensive* vient de consacrer le succès, a su réunir autour de lui un escadron de combattants du bon combat littéraire. Nous aurons à reparler de la *Ballade* et nous disserterons longuement sur tous ses rédacteurs dans le courant de ces études.

Issoudun a *le Prisme*, petit journal imprimé de toutes couleurs, et qui forme chaque année un volume arc-en-ciel. *Le prisme* a été fondé par *Gustave Bridier*, un lettré délicat que le notariat et la grapiologie, bien malheureusement certes, enlèvent chaque jour de plus en plus à la poésie. *Alphonse Ponroy* publie là ses études sur les poètes de l'Indre, aussi distingués que nombreux. *J.-L. Béor* que nous apprécions pour ses *Rimes Galantes, J.-J. Caillault* et toute une série de jeunes ont fait de ce journal un très-intéressant et très-curieux recueil.

L'Académie des Muses Santones, de Royan, nous envoie son bulletin mensuel. C'est une mosaïque des plus curieuses de notre temps. Rien que des chansons; mais comme on y chante! Poètes jeunes et vieux se coudoient dans ce cénacle. J'y retrouve des noms fort connus et d'autres qui le deviennent, tels ceux de MM. Salers, Bataille, Barrachin, J. Béor, l'auteur de *Juliette Dodu,* Pierfitte, Vitrac, Mme Lenoir, Mme Lapouyade, F. Berenguier, un des naufragés de l'*Aveyron*, D. Bras, C. Macaigne, Paul Soullisse, A. Chauvigné, E. Rosier, Elise Mouriès, J. Breton, Jean Prouvaire, Auguste Fourès, Jean Lombard, Jean Blaize, un vrai Marseillais, de Boissière, P.-J. Pain, etc etc.

Nous aurons à revenir souvent sur cette phalange valeureuse.

Le Maine à son organe : *La Revue Littéraire du Maine*, que publie l'excellent poète de Perretti della Rocca. M. Maxime Foussard l'assiste comme rédacteur en chef ; les mêmes que j'ai déjà nommés bataillent courageusement pour la plus grande gloire de leur littérature

Le Limousin nous apporte *L'Echo de Saint-Yrieix*, jadis et aujourd'hui encore feuille d'annonces, mais qui eut son heure littéraire avec M. Laurentin Forgues, Mlle Alice T. (Harry Dell), M. Bégué, Mlle Eva Fallet, Mlle Jeanne Henry, M. Ponroy, M. Bridier, M. J.-L. Béor, Mme Pauline Maritoux qui y a publié une remarquable traduction de Longfellow, M. d'Aigueperse, M. Isidore Monnet, etc., etc. On nous apprend que *l'Echo de Saint-Yrieix* va se transformer en la *République des Lettres*, un journal qui publiera les biographies de tous les littérateurs.

Troyes nous donne un journal professionnel : *le Journal des Postes et Télégraphes* qui fait part chaque quinzaine à la littérature. (Nous le remercions du bienveillant accueil qu'il fit aux *Taches d'Encre*). Nous avons remarqué là-dedans de fort remarquables poésies signées Martial Ténéo, D. Mon, Bridier, Pauline Maritoux, etc., etc. Nous étudierons ces collaborateurs littéraires fort prochainement avec tous les détails qu'ils méritent.

Dans notre prochain numéro nous parlerons des journaux suivants et de leurs rédacteurs :

Le Feu Follet. — La Revue de France — La Province. — La Jeune Belgique. — La Revue Provinciale. — La Provence. — Le Décentralisateur. - Le Domino Rose. — Le Domisol, etc.

Nous reviendrons sur ceux que nous effleurons aujourd'hui et nous parlerons des Académies, Cercles et Réunions littéraires.

(A suivre.)

BULLETIN FINANCIER

L'apparition du choléra à Paris a failli compromettre sérieusement la campagne de hausse que le mois de novembre avait inaugurée, comme les précédents. — L'échec de la médiation anglaise dans les affaires de Chine, la discussion du budget, le resserrement de l'argent à Londres venant s'ajouter à l'invasion du fléau, tout semblait indiquer le succès des baissiers qui commençaient à attaquer avec une certaine énergie les cours de nos fonds publics. — Mais, comme cela s'est constamment vu depuis quatre mois, les vendeurs n'ont pas tardé à perdre ce qu'ils avaient mis quinze jours à gagner. – La disparition du choléra d'abord, puis un nouveau succès au Tonkin, le vote de confiance enlevé d'une manière brillante par le ministère à la Chambre, et enfin, et surtout l'extrême bon marché des reports sur nos fonds publics ont déterminé en dernier lieu un retour offensif des haussiers.

Le report sur le 4 1/2 0/0 est tombé à 5 centimes, au parquet comme en coulisse; sur le 3 0/0 le report était presque aussi modique: les vendeurs, acculés, ont fait une fois de plus le jeu de leurs adversaires; c'est pourquoi nous avons à constater d'un mois à l'autre une nouvelle plus-value de 60 centimes sur le 3 0/0 à 78,90, de 75 centimes sur l'Amortissable à 80,50 et de 30 centimes sur le 4 1/2 à 108,45.

La liquidation des fonds étrangers, surtout de l'Italien, a été de même favorisée par des reports à vil prix et des cours en hausse.

Peu de fluctuations sur les valeurs du parquet. La Banque de France et la Banque de Paris varient à peine.

Le Crédit Foncier s'est avancé de 1290 à 1307,50.

Dans sa dernière séance hebdomadaire, le conseil d'administration de la Société a autorisé pour 11 millions 568,090 fr de nouveaux prêts, dont 3,270,000 fr. en prêts fonciers, Les capitaux s'emploient abondamment sur les obligations foncières et communales. Les foncières 1883 touchent aux cours de 360. Les obligations à lots 1879 et 1880 sont fort recherchées. Ce sont les plus attrayantes de toutes nos valeurs à lots. Les obligations foncières de 1880 libérées de 35 fr. obtiennent le plus vif succès auprès des petites bourses.

Les titres de Chemin de fer ont fait très-bonne contenance. Le Suez oscille presque constamment aux environs de 1,900 francs.

POUR PARAITRE PROCHAINEMENT
CHEZ LEMERRE

ROSA MYTIGA
Par STANISLAS DE GUAITA

LE NIHILISME CONTEMPORAIN
(ESSAIS)
Par MAURICE BARRÈS

LE DÉPART POUR LA VIE
(FICTIONS)
Par MAURICE BARRÈS

COURS DE LITTÉRATURE & D'HISTOIRE
POUR LES JEUNES FILLES

*Préparation à tous les examens. — Leçons
à domicile ou dans les pensionnats.*

S'adresser à M. CHIMÉRIC, professeur à l'« Association de la Jeunesse Française, 117, rue Notre-Dame-des-Champs.

www.ingramcontent.com/pod-product-compliance
Lightning Source LLC
LaVergne TN
LVHW021809170726
843503LV00007B/3104